CARLOS TRILLO EDUARDO RISSO

Lune Rouge

T.3 : LE ROYAUME DE JAMAIS

ERKO

LUNE ROUGE

T.3 : Le Royaume de Jamais

www.erko.com

ISBN : 90-77001-81-6
53 8746 9

Dépôt légal : novembre 2005

Imprimé en Slovénie par SAF - Tiskarna Koper

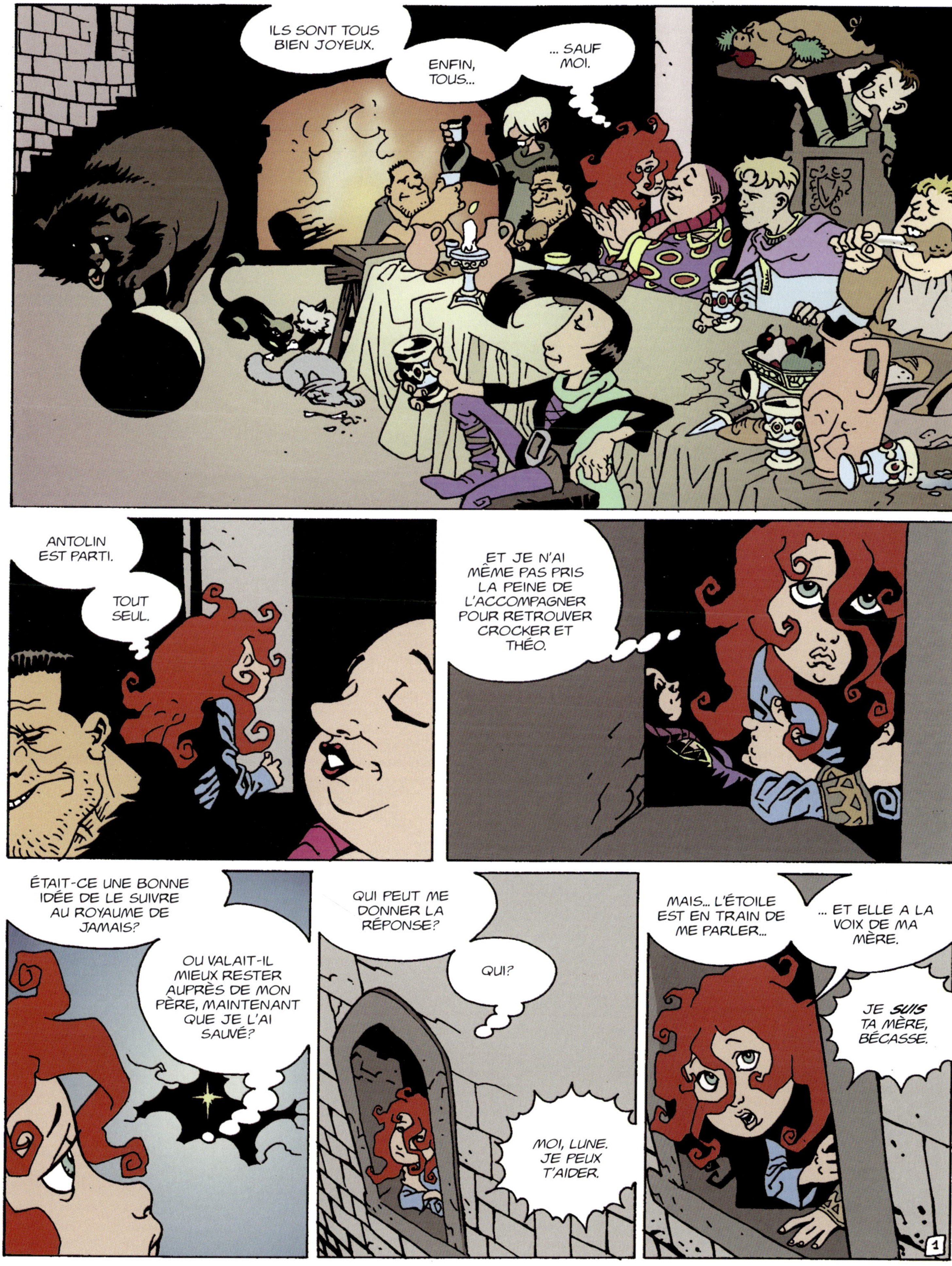
ILS SONT TOUS BIEN JOYEUX.
ENFIN, TOUS...
... SAUF MOI.
ANTOLIN EST PARTI.
TOUT SEUL.
ET JE N'AI MÊME PAS PRIS LA PEINE DE L'ACCOMPAGNER POUR RETROUVER CROCKER ET THÉO.
ÉTAIT-CE UNE BONNE IDÉE DE LE SUIVRE AU ROYAUME DE JAMAIS?
OU VALAIT-IL MIEUX RESTER AUPRÈS DE MON PÈRE, MAINTENANT QUE JE L'AI SAUVÉ?
QUI PEUT ME DONNER LA RÉPONSE?
QUI?
MOI, LUNE. JE PEUX T'AIDER.
MAIS... L'ÉTOILE EST EN TRAIN DE ME PARLER...
... ET ELLE A LA VOIX DE MA MÈRE.
JE SUIS TA MÈRE, BÉCASSE.
1

TU SAIS QUE TU NE POURRAS PAS ME REVOIR, AUSSI LONGTEMPS QUE TU SERAS HUMAINE.
VOILÀ POURQUOI JE TE PARLE À TRAVERS CETTE ÉTOILE.
N'AIE PAS PEUR.
JE NE CRAINS RIEN. PARLE-MOI, MAMAN.
VA REJOINDRE ANTOLIN. IL A BESOIN DE TON AIDE... ET IL LA MÉRITE.
C'EST QUE... JE DOIS D'ABORD EN PARLER À PAPA ET...
... IL VA REFUSER DE ME LAISSER PARTIR.
VA ET FAIS-MOI CONFIANCE! JE PARLERAI À TON PÈRE. IL COMPRENDRA.
ET LUNE? OÙ EST MA FILLE?
S'IL LUI EST ARRIVÉ QUELQUE CHOSE...
MAIS...
... OH!
2

QUELQUE CHOSE EST ENTRÉ DANS MA TÊTE...
... JE CROIS QUE JE VAIS M'ÉVANOU...
... IR...
HÉ! QU'ARRIVE-T-IL À NOTRE SEIGNEUR?
THUMP
IL DOIT AVOIR BU UN VERRE DE TROP!
TU PARLES. IL A TRINQUÉ À LA SANTÉ DE TOUS SES SUJETS. HA HA!
MAINTENANT QU'IL EST S'EST ÉVANOUI...
... JE VAIS LE FAIRE RÊVER DE MOI.
ÉCOUTE-MOI, MON ÉPOUX...
?
TYL, MON AMOUR!
TU NE DOIS PAS T'INQUIÉTER POUR NOTRE FILLE.
ELLE S'EN EST ALLÉE AIDER SON AMI, ANTOLIN.
OH NON! JE DOIS PARTIR À SA RECHERCHE!
3

CALME-TOI.
JE SUIS SÛRE QU'ELLE SERA BIENTÔT DE RETOUR.
J'AI CONFIANCE EN TOI, BIEN SÛR, MAIS...
... ELLE VA TELLEMENT ME MANQUER.
SI SEULEMENT TU REVENAIS...
JE NE PEUX PAS. JE SUIS INVISIBLE AUX YEUX DES HUMAINS.
MAIS... JE TE VOIS PARFAITEMENT.
CE N'EST QU'UN RÊVE, MON SEIGNEUR.
QUOI QU'IL EN SOIT, RESTE, JE T'EN PRIE.
TRÈS BIEN. JE PROMETS DE VENIR TE VOIR EN RÊVE CHAQUE NUIT.
MERCI, MON AMOUR.
ANTOLIN!!!
OÙ ES-TU, ANTOLIN???

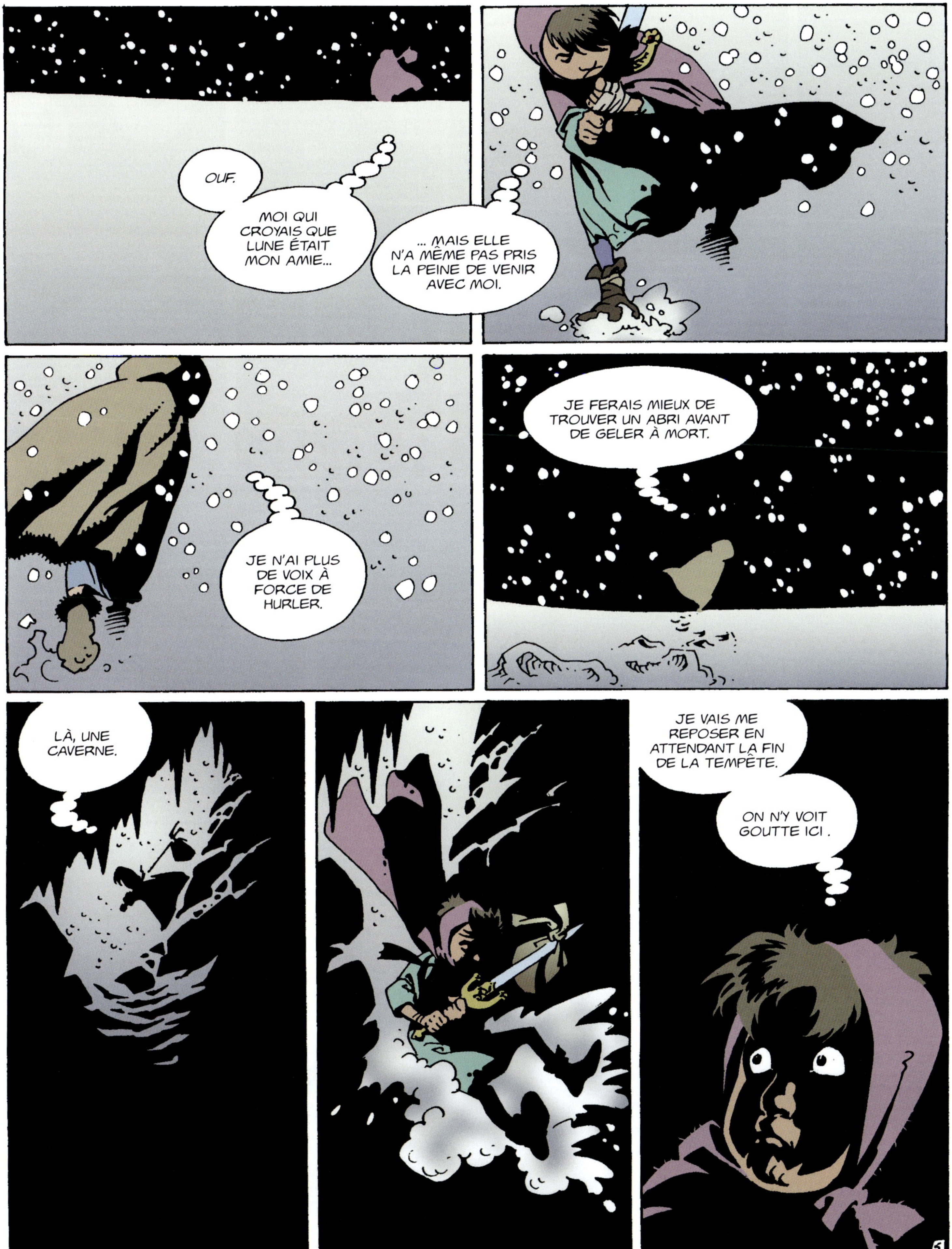
OUF.
MOI QUI CROYAIS QUE LUNE ÉTAIT MON AMIE...
... MAIS ELLE N'A MÊME PAS PRIS LA PEINE DE VENIR AVEC MOI.
JE N'AI PLUS DE VOIX À FORCE DE HURLER.
JE FERAIS MIEUX DE TROUVER UN ABRI AVANT DE GELER À MORT.
LÀ, UNE CAVERNE.
JE VAIS ME REPOSER EN ATTENDANT LA FIN DE LA TEMPÊTE.
ON N'Y VOIT GOUTTE ICI .
5

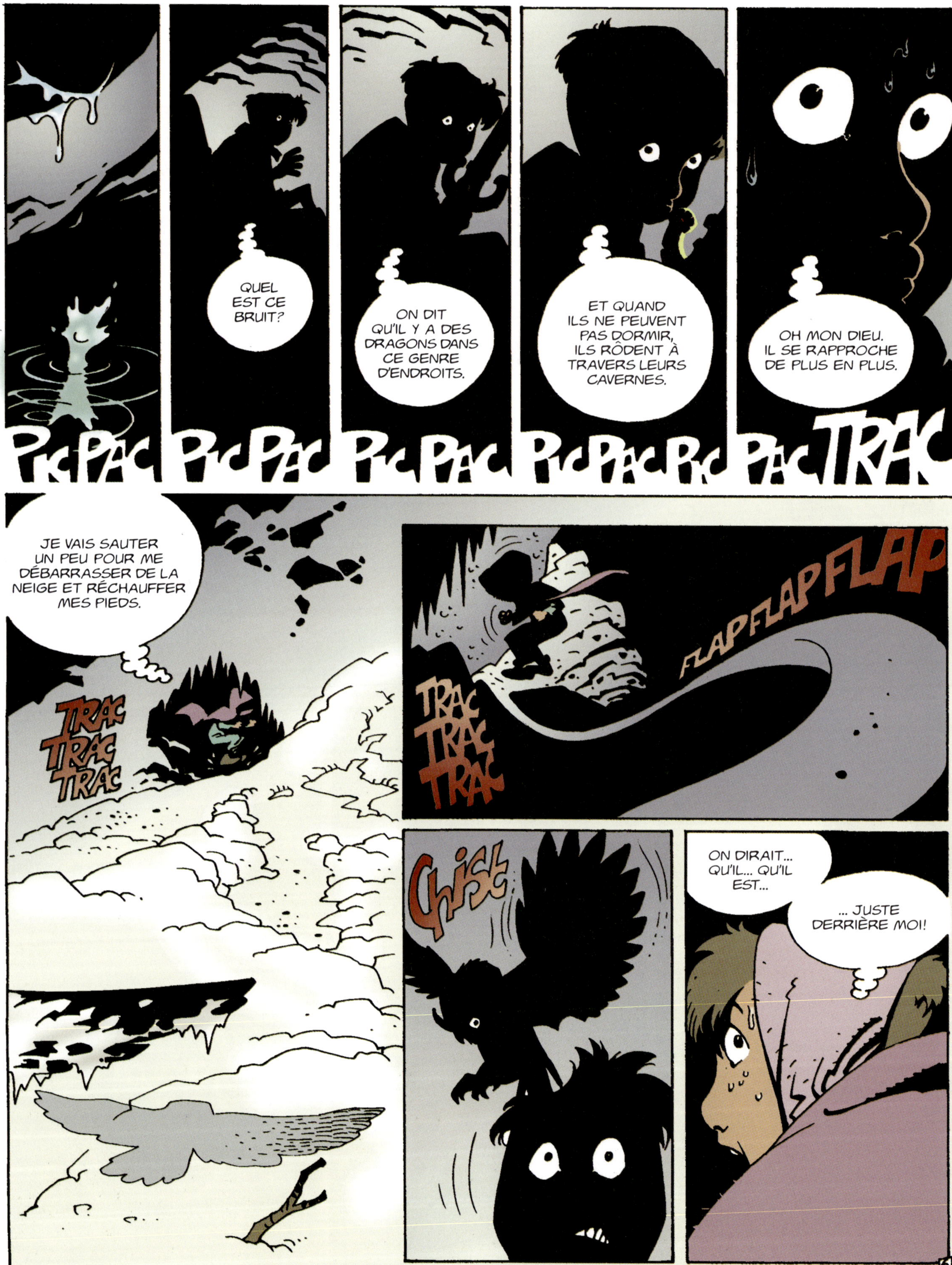
PIC PAC
PIC PAC
QUEL EST CE BRUIT?
PIC PAC
ON DIT QU'IL Y A DES DRAGONS DANS CE GENRE D'ENDROITS.
PIC PAC
ET QUAND ILS NE PEUVENT PAS DORMIR, ILS RÔDENT À TRAVERS LEURS CAVERNES.
PIC PAC PIC
OH MON DIEU. IL SE RAPPROCHE DE PLUS EN PLUS.
PAC TRAC
JE VAIS SAUTER UN PEU POUR ME DÉBARRASSER DE LA NEIGE ET RÉCHAUFFER MES PIEDS.
TRAC TRAC TRAC
TRAC TRAC TRAC
FLAP FLAP FLAP
CHIST
ON DIRAIT... QU'IL... QU'IL EST...
... JUSTE DERRIÈRE MOI!
6

HISS
NON!
LE DRAGON M'ATTAQUE!
À L'AIIIIIDE!
UN DRAGON? JE FERAIS MIEUX DE M'ENFUIR.
ENFIN, JE SUIS DEHORS.
MAIS CETTE VOIX... ON AURAIT DIT...?
NON, CE SERAIT VRAIMENT UNE COÏNCIDENCE ÉNORME. ET PUIS, QUI QUE CE SOIT...
... IL A DÛ SE FAIRE DÉVORER PAR LE...
7

LE DRAGON!
C'EST VRAI, C'ÉTAIT UN DRAGON! JE L'AI VU.
JE PENSE QUE NOUS DEVRIONS ESSAYER D'ÊTRE À JAMAIS CE SOIR. QU'EN PENSES-TU?
EH BIEN... JE SUIS D'ACCORD. QUE POURRONS-NOUS TROUVER LÀ-BAS DE PLUS TERRIBLE QU'UN DRAGON?
KREK
FLAP FLAP FLAP FLAP
JE CROIS QUE CES DÉLICIEUX PETITS HORS-D'ŒUVRE MANQUENT D'IMAGINATION.
8

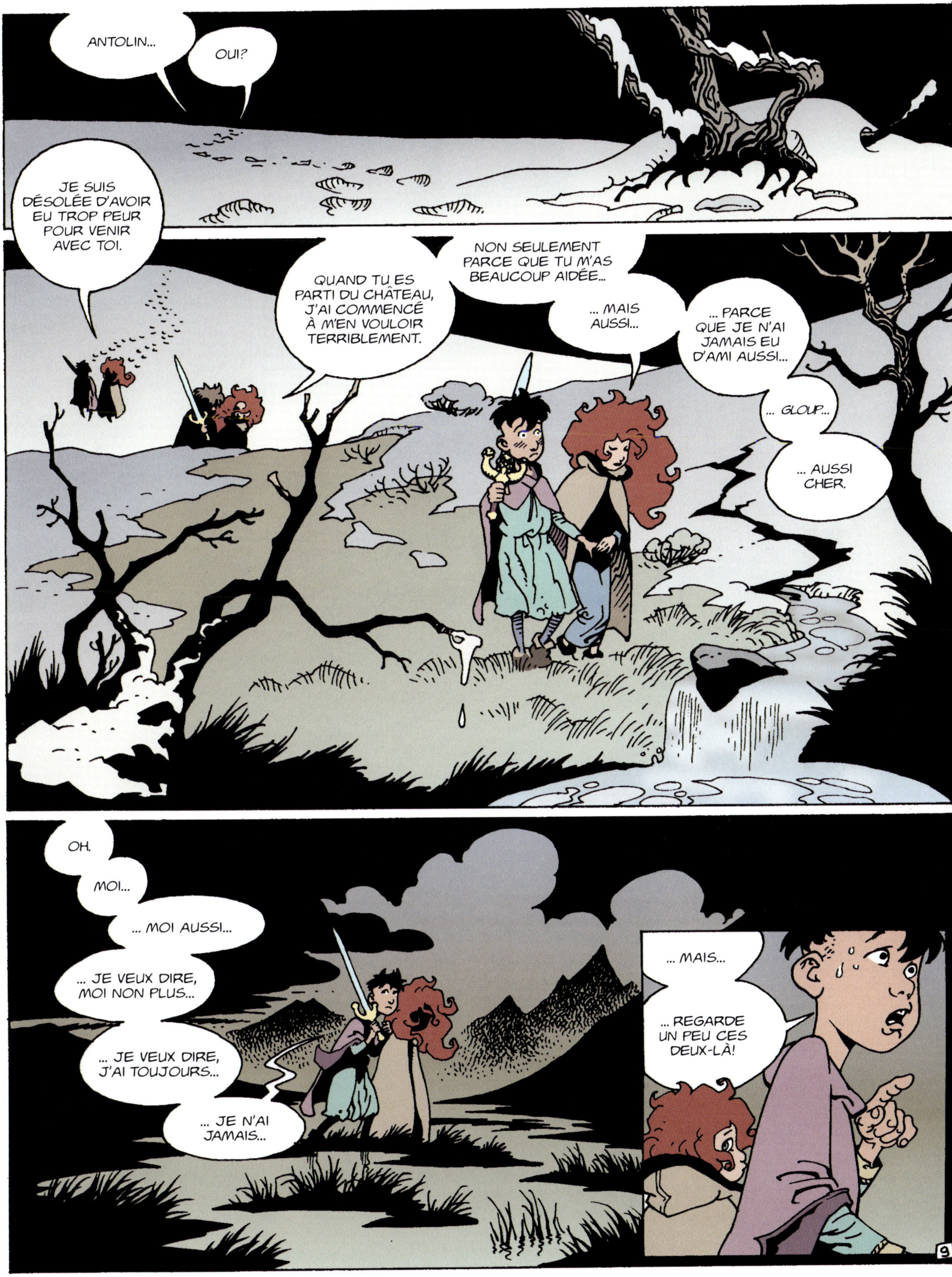
ANTOLIN...
OUI?
JE SUIS DÉSOLÉE D'AVOIR EU TROP PEUR POUR VENIR AVEC TOI.
QUAND TU ES PARTI DU CHÂTEAU, J'AI COMMENCÉ À M'EN VOULOIR TERRIBLEMENT.
NON SEULEMENT PARCE QUE TU M'AS BEAUCOUP AIDÉE...
... MAIS AUSSI...
... PARCE QUE JE N'AI JAMAIS EU D'AMI AUSSI...
... GLOUP...
... AUSSI CHER.
OH.
MOI...
... MOI AUSSI...
... JE VEUX DIRE, MOI NON PLUS...
... JE VEUX DIRE, J'AI TOUJOURS...
... JE N'AI JAMAIS...
... MAIS...
... REGARDE UN PEU CES DEUX-LÀ!
9

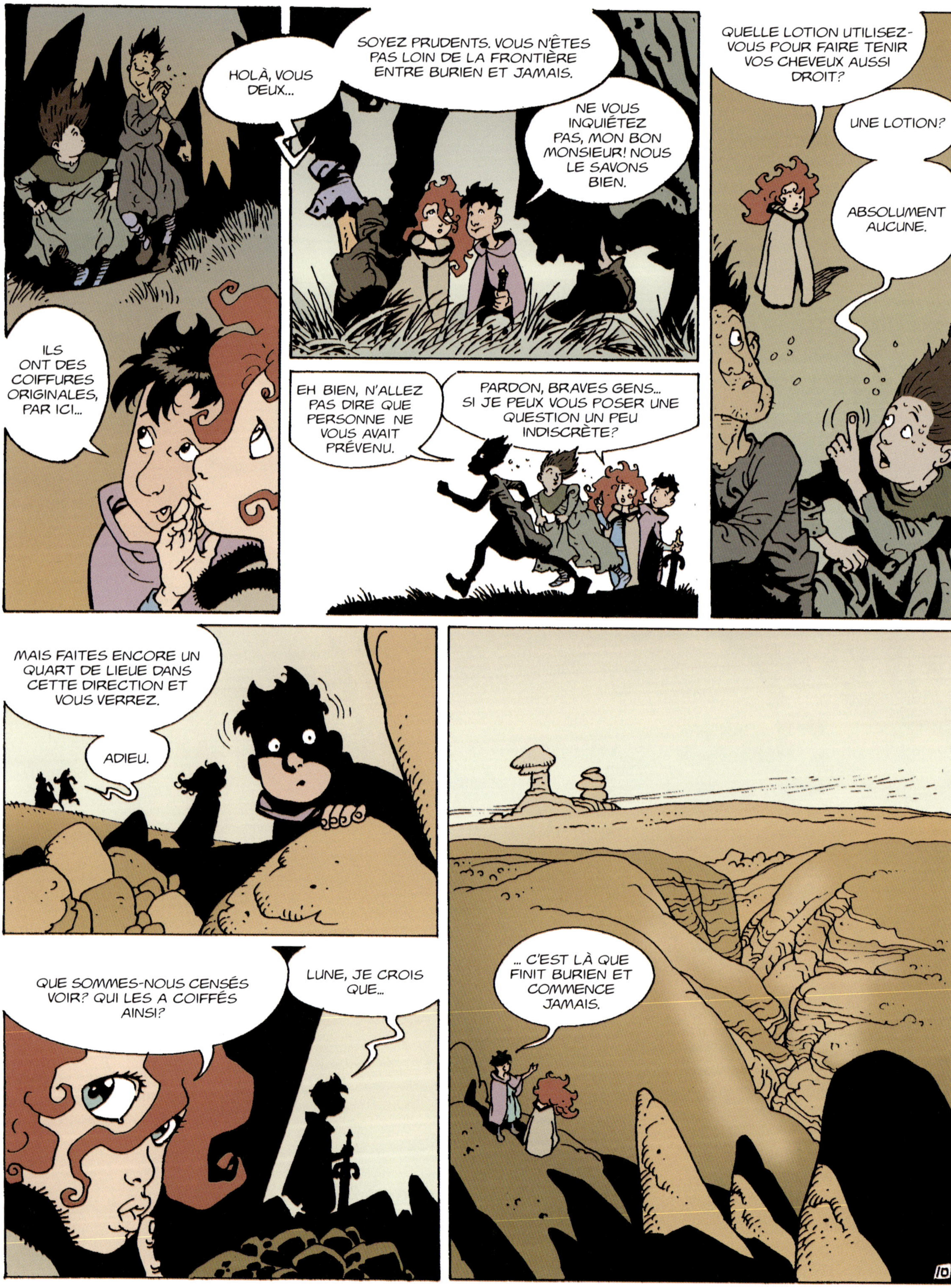
HOLÀ, VOUS DEUX...
SOYEZ PRUDENTS. VOUS N'ÊTES PAS LOIN DE LA FRONTIÈRE ENTRE BURIEN ET JAMAIS.
NE VOUS INQUIÉTEZ PAS, MON BON MONSIEUR! NOUS LE SAVONS BIEN.
ILS ONT DES COIFFURES ORIGINALES, PAR ICI...
PARDON, BRAVES GENS... SI JE PEUX VOUS POSER UNE QUESTION UN PEU INDISCRÈTE?
QUELLE LOTION UTILISEZ-VOUS POUR FAIRE TENIR VOS CHEVEUX AUSSI DROIT?
UNE LOTION?
ABSOLUMENT AUCUNE.
EH BIEN, N'ALLEZ PAS DIRE QUE PERSONNE NE VOUS AVAIT PRÉVENU.
MAIS FAITES ENCORE UN QUART DE LIEUE DANS CETTE DIRECTION ET VOUS VERREZ.
ADIEU.
QUE SOMMES-NOUS CENSÉS VOIR? QUI LES A COIFFÉS AINSI?
LUNE, JE CROIS QUE...
... C'EST LÀ QUE FINIT BURIEN ET COMMENCE JAMAIS.
10

QUE FAIRE?
EH BIEN... NOUS DEVONS SAUTER...
À LA UNE, À LA DEUX...
... À LA TROIS!
CE N'EST PAS SI MAL, ICI, EN FAIT...
OUI, C'EST TRÈS AGRÉABLE. AU LIEU DE CE FROID GLACIAL, VOILÀ QUE NOUS AVONS UNE BELLE CHALEUR D'ÉTÉ.
ÇA TOURNE MÊME À LA CANICULE, JE DIRAIS.
MA FOI... OUI. MAINTENANT QUE J'AI ENLEVÉ MES CHAUSSURES...
... LE SOL EST BRÛLANT. JE PEUX À PEINE MARCHER DESSUS!
AÏE!
PARDON, ANTOLIN, MAIS SINON JE VAIS ATTRAPER D'HORRIBLES CLOQUES.
LE PIRE, C'EST QUE...
... SI NOUS NE FAISONS RIEN, C'EST L'INSOLATION QUI NOUS ATTEND.
NOUS DEVRIONS AU MOINS NOUS PROTÉGER LA TÊTE.
CHAPEAUX! CHAPEAUX!
11

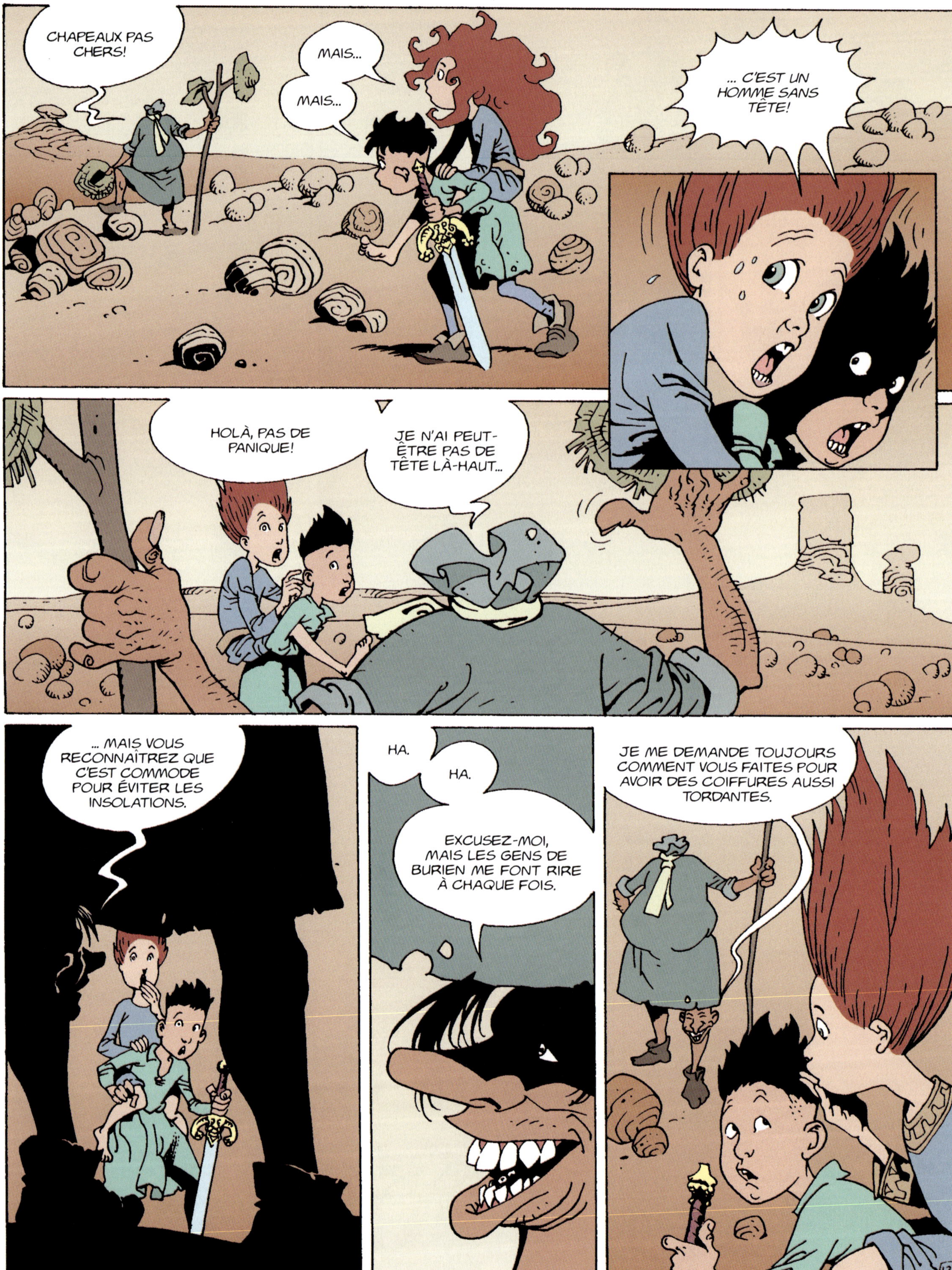
CHAPEAUX PAS CHERS!
MAIS...
MAIS...
... C'EST UN HOMME SANS TÊTE!
HOLÀ, PAS DE PANIQUE!
JE N'AI PEUT-ÊTRE PAS DE TÊTE LÀ-HAUT...
... MAIS VOUS RECONNAÎTREZ QUE C'EST COMMODE POUR ÉVITER LES INSOLATIONS.
HA.
HA.
EXCUSEZ-MOI, MAIS LES GENS DE BURIEN ME FONT RIRE À CHAQUE FOIS.
JE ME DEMANDE TOUJOURS COMMENT VOUS FAITES POUR AVOIR DES COIFFURES AUSSI TORDANTES.
12

JE VOUS PROPOSE UN MARCHÉ: DEUX CHAPEAUX SI VOUS RÉPONDEZ À UNE QUESTION QUI ME TARABUSTE.
VOILÀ: SI AU LIEU D'ÊTRE ICI...
... MA TÊTE SE TROUVAIT LÀ, AURIEZ-VOUS TOUJOURS PEUR DE MOI?
NON.
AH, TRÈS BIEN! JE PEUX ME MONTRER SANS PROBLÈMES, ALORS...
... N'EST-CE PAS?
AAAH!
POURQUOI TOUS CES HURLEMENTS?
CE N'EST RIEN. DEUX GAMINS QUI N'ONT PAS L'HABITUDE DE VOIR LES GENS ENSORCELÉS PAR PANTA.
ATTENTION À CE QUE TU DIS, IDIOT! COMMENT OSES-TU L'APPELER "PANTA" TOUT COURT?
C'EST DE NOTRE BIEN-AIMÉE SOUVERAINE QUE TU PARLES!

ABSOLUMENT. ELLE EST NOTRE ALTESSE SUPRÊME ENTRE TOUTES.
PANTA L'INCOMMENSURABLE!
PANTA LA GLORIEUSE!
POURQUOI AUTANT DE PRÉCAUTIONS SI ELLE N'EST PAS LÀ?
LÈVE LES YEUX, PETIT SOT.
UNE MINUTE...
TU NE VOIS PAS CE QU'ELLE ENVOIE POUR ESPIONNER NOS CONVERSATIONS?
OH, ANTOLIN, OÙ AVONS-NOUS MIS LES PIEDS?
JE VAIS EN FAIRE DES CAUCHEMARS POUR LE RESTANT DE MES JOURS. SOIS GENTIL ET PARTONS D'ICI TOUT DE SUITE!
NON, LUNE. NOUS AVONS UNE MISSION À ACCOMPLIR.
DE TOUTE FAÇON, ON NE S'ENFUIT PAS DE JAMAIS.
QUE VOULEZ-VOUS DIRE?
DU CALME, VOUS N'AVEZ PAS À VOUS EN FAIRE.
PANTA N'A PAS POUR HABITUDE DE TRANSFORMER LES ENFANTS COMME VOUS EN MONSTRES DANS NOTRE GENRE.
HO HO. VOUS VOULEZ SAVOIR CE QUI VOUS ATTEND À LA PLACE?
N'Y PENSE MÊME PAS, CRÂNE DE PIAF!
CRÂNE DE PIAF? CRÂNE DE PIAF? C'EST À MOI QU'IL PARLE, L'ATROPHIÉ DU BULBE?
ATROPHIÉ, MOI? TU VAS VOIR!

OUILLE! AH, TU ATTAQUES EN TRAÎTRE!
TU L'AS CHERCHÉ, CRÉTIN!
GH!
ARRÊTEZ VOS CHAMAILLERIES, TOUS LES DEUX!
PARDON, MONSIEUR GURG, JE NE LE SUPPORTE PLUS.
VOUS ÊTES TÉMOIN. IL A VOULU M'ÉTRANGLER.
SILENCE, IMBÉCILES!
SINON, JE DEMANDERAI À LA GRANDE PANTA D'AUGMENTER VOTRE PUNITION.
OH NON! ELLE SERAIT CAPABLE DE NOUS TRANSFORMER EN VERS.
PITIÉ!
SILENCE, J'AI DIT!
ET VOUS DEUX, VOUS FERIEZ MIEUX DE VENIR AVEC MOI.
QU'EST-CE QUI VOUS AMÈNE AU PAYS DE JAMAIS?
NOUS CHERCHONS DEUX AMIS... CROCKER ET THÉO.
15

DEUX COMÉDIENS? UN PETIT GROS ET UN GRAND CHAUVE TOUT MAIGRE?
OUI! VOUS LES AVEZ VUS?
MOI? NON, JAMAIS.
HÉ, MONSIEUR GURG!
POURQUOI ENTRONS-NOUS DANS CETTE GROTTE?
C'EST UN RACCOURCI.
LE CHÂTEAU DE PANTA SE TROUVE DE L'AUTRE CÔTÉ DE LA MONTAGNE.
FINALEMENT, NOUS AVONS BIEN FAIT DE NE PAS LEUR DIRE CE QUE PANTA FAIT AUX ENFANTS.
OUI. ÇA LES A SOULAGÉS D'APPRENDRE QU'ELLE NE LES MÉTAMORPHOSE-RAIT PAS COMME NOUS.
BIEN SÛR. INUTILE DE LEUR DONNER DES SOUCIS.
VOUS VOUS RENDEZ COMPTE, S'ILS SAVAIENT QUE PANTA VA PROBABLEMENT LES MANGER?

IL FAIT SI SOMBRE ICI, LUNE. POURQUOI N'ENLÈVES-TU PAS CE CHAPEAU RIDICULE?
HA. ET ÇA VA LUI PERMETTRE DE VOIR DANS LE NOIR?
BIEN SÛR. VOUS VOYEZ?
MON AMIE A DES CHEVEUX DE FEU.
OH!
ELLE A L'AIR BIEN INNOCENT, MAIS...
... DE TOUTE ÉVIDENCE, ELLE A DES POUVOIRS.
JE FERAIS MIEUX D'EN INFORMER PANTA LE PLUS VITE POSSIBLE.
ENFIN, LA SORTIE.
ON FAIT LA COURSE, LUNE!
C'EST PAS JUSTE! TU PARS SANS ME PRÉVENIR!
MAÎTRESSE PANTA... MAÎTRESSE PANTA... M'ENTENDEZ-VOUS?
JE DOIS VOUS AVERTIR QUE LA FILLE QUE J'AMÈNE AU CHÂTEAU A QUELQUE CHOSE D'INHUMAIN. NE VOUS LAISSEZ PAS SURPRENDRE.
HA HA. J'AI GAGNÉ!
C'ÉTAIT DE LA TRICHE, ANTOLIN.
IL FAIT BEAUCOUP PLUS FRAIS ICI. C'EST AGRÉABLE!
ADIEU, CHAPEAUX!
PERSONNE NE PEUT ME SURPRENDRE, IDIOT!!!
AÏE!
17

IL Y A UN PROBLÈME, GURG?
N-N-NON, C'EST JUSTE... QUE...
... UN ROCHER S'EST DÉTACHÉ DU PLAFOND... ET M'EST TOMBÉ SUR LA TÊTE.
REGARDE, ANTOLIN!
IL Y A VRAIMENT DES ANIMAUX BIZARRES DANS CE PAYS!
À VRAI DIRE, ILS NE M'IMPRESSIONNENT PLUS. PAR CONTRE, UNE CHOSE M'ÉTONNE...
... GURG NOUS A DIT QUE LE CHÂTEAU DE PANTA ÉTAIT DE CE CÔTÉ-CI DE LA MONTAGNE, MAIS JE NE VOIS RIEN.
ÇA N'A RIEN D'ÉTONNANT, IL AIME BIEN SE BALADER UN PEU. IL VA BIENTÔT REVENIR.
QUI AIME SE BALADER? LE CHÂTEAU?
OUI, C'EST CE QUE J'AI DIT.
MAIS VOUS N'AUREZ PAS À ATTENDRE LONGTEMPS. LE VOILÀ.
AH.
KREK
18

JE VEUX PARTIR D'ICI!
UN INSTANT, MES ENFANTS. OÙ CROYEZ-VOUS TROUVER UN LOGEMENT PLUS LUXUEUX...
... QUE LE SUPERBE PALAIS DE NOTRE BIEN-AIMÉE SOUVERAINE PANTA?
ET VOUS N'AUREZ MÊME PAS BESOIN D'ESCALADER JUSQU'À LA PORTE...
VOUS VOYEZ? C'EST ELLE QUI VIENT À VOUS...
... ET S'OUVRE TOUTE SEULE.
ENTREZ! LA GRANDE PANTA VOUS ATTEND.
ALLEZ, ALLEZ!
EST-CE QUE PANTA VA NOUS DIRE OÙ SONT MES AMIS CROCKER ET THÉO?
TU LEUR AS PARLÉ DE CROCKER ET THÉO, GURG?
PARDON, MAÎTRESSE. C'EST LE GARÇON QUI M'A DEMANDÉ.
19

MAIS JE NE LEUR AI PAS TOUT RACONTÉ, VOTRE MAJESTÉ.
TU NE SAIS VRAIMENT PAS TENIR TA LANGUE, GURG.
BUMP
JE JURE À VOTRE EMINENCE QUE JE NE LEUR AI PAS DIT QUE VOUS LES AVIEZ CHANGÉS EN CO...
VAS-TU TE TAIRE!
ZAP!
CROAC!
J'AIMERAIS QUE VOUS FINISSIEZ LA PHRASE DE GURG, NOBLE MAGICIENNE...
VOUS LES AVEZ CHANGÉS EN CO...? CO... QUOI?
CROAC!
EN CO...
EN CO...
EN COMÉDIENS MUSICIENS!
C'EST CELA MÊME. EN COMÉDIENS MUSICIENS!
HÉ.
ILS SAVAIENT DÉJÀ FAIRE DES TOURS - MAINTENANT, JE LEUR AI APPRIS À JOUER DE LA TROMPETTE ET DU LUTH.
ENTREZ, JE VOUS EN PRIE.
C'EST PRESQUE L'HEURE DU DÎNER.
20

QUE FAISONS-NOUS?
EH BIEN, SON INVITATION À DÎNER EST TENTANTE. JE COMMENCE À AVOIR FAIM.
OHÉÉÉÉÉ.
SLAM
EUH, LA PORTE A CLAQUÉ DERRIÈRE NOUS!
SÛREMENT UN COURANT D'AIR.
ON DIRAIT QUE...
QUE...
... QUE CE NE SERA PAS SI FACILE DE PARTIR D'ICI.
...TIC TIC TIC TIC...
QUEL EST CE BRUIT?
EUH... MES DENTS. ELLES ONT COMMENCÉ À FAIRE DES CLAQUETTES SANS MA PERMISSION.
ET ALORS, ON CHUCHOTE? ON GARDE DES SECRETS?
OH...
... AH...
... HUM...
... NOUS DISIONS JUSTE QUE...
21

... SNIF...
... UNE ODEUR BIEN APPÉTISSANTE VIENT DE VOTRE CUISINE, MADAME.
OH, OUI.
J'AI PRÉPARÉ UNE DÉLICIEUSE SAUCE À BASE D'AIL, D'HUILE D'OLIVE ET DE ROMARIN.
JE VOIS QUE JE VAIS DEVOIR EN RAJOUTER.
ET QU'ALLEZ-VOUS SERVIR AVEC, MADAME? DU POULET, PEUT-ÊTRE?
VOUS VOULEZ VRAIMENT SAVOIR?
MIAM!
JE DOIS LA LAISSER MIJOTER ENCORE UN PEU. METTEZ-VOUS À L'AISE EN ATTENDANT.
VOUS AVEZ DEUX SIÈGES, LÀ.
NON, MERCI. NOUS SOMMES TRÈS BIEN DEBOUT.
ASSIS, J'AI DIT!
AAH! CES FAUTEUILS SONT VIVANTS!
22

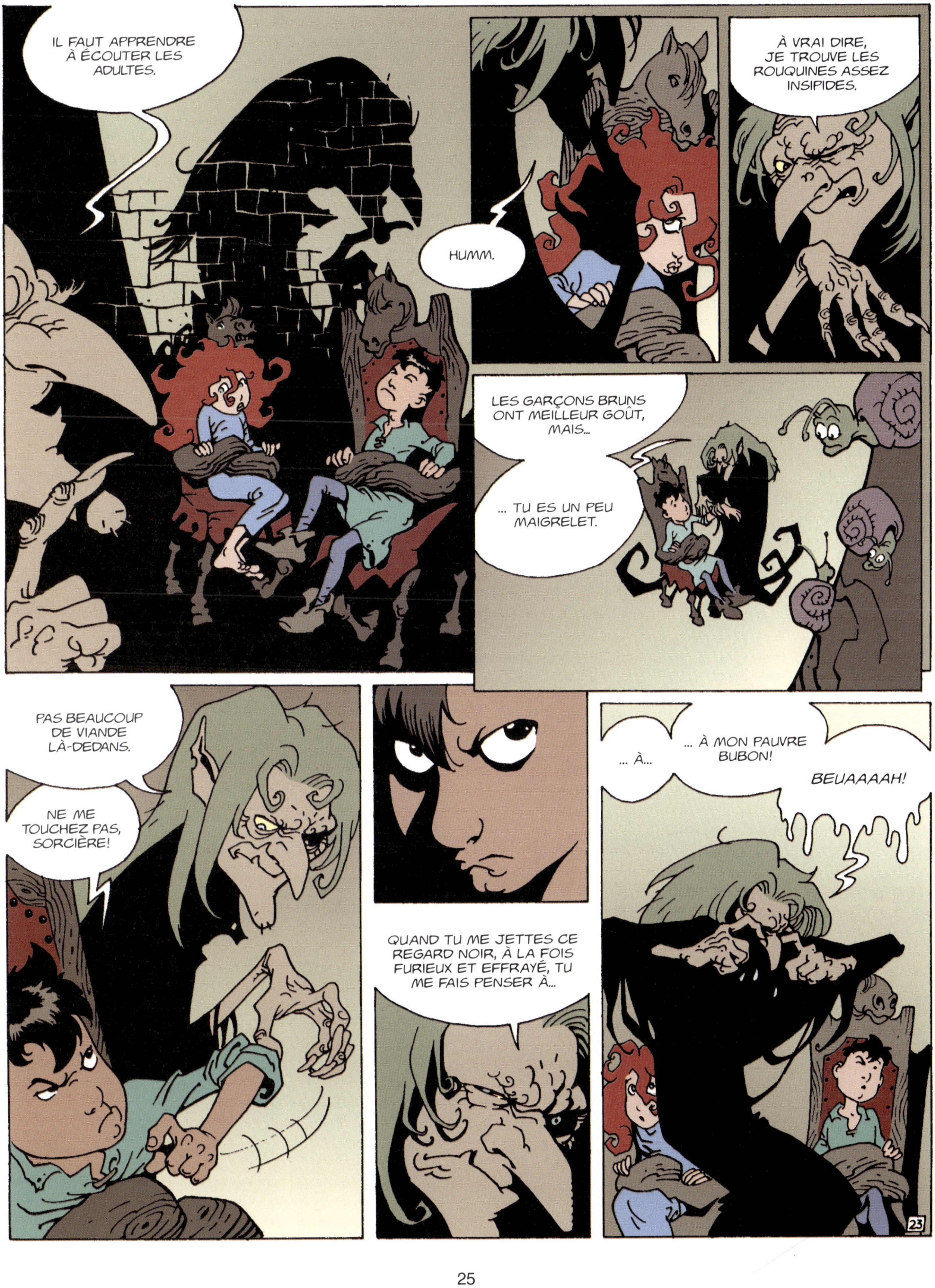
IL FAUT APPRENDRE À ÉCOUTER LES ADULTES.
HUMM.
À VRAI DIRE, JE TROUVE LES ROUQUINES ASSEZ INSIPIDES.
LES GARÇONS BRUNS ONT MEILLEUR GOÛT, MAIS...
... TU ES UN PEU MAIGRELET.
PAS BEAUCOUP DE VIANDE LÀ-DEDANS.
NE ME TOUCHEZ PAS, SORCIÈRE!
QUAND TU ME JETTES CE REGARD NOIR, À LA FOIS FURIEUX ET EFFRAYÉ, TU ME FAIS PENSER À...
... À...
... À MON PAUVRE BUBON!
BEUAAAAH!
23

BUBON? QUI EST-CE?
MON BÉBÉ!
OH!
ON ME L'A ENLEVÉ ALORS QUE J'EXTRAYAIS L'ŒIL D'UNE VIPÈRE-CYCLOPE!
JE L'AVAIS LAISSÉ DANS SON PANIER ROUGE, EN TRAIN DE JOUER AVEC SON COLLIER DE GRIFFES...
... ET L'INSTANT D'APRÈS, IL AVAIT DISPARU.
ÇA ALORS.
QUOI?
QUAND J'ÉTAIS BÉBÉ, CROCKER ET THÉO M'ONT DÉCOUVERT DANS UN PANIER ROUGE, UN COLLIER DE GRIFFES DANS LES MAINS.
HUMM.
ET SAIS-TU PAR HASARD CE QUE BUBON PORTAIT AUX PIEDS?
DES PANTOUFLES!
QUI TE L'A DIT, PETIT IMBÉCILE?
PERSONNE, MADAME. C'EST CE QUE JE PORTAIS QUAND CROCKER ET THÉO M'ONT TROUVÉ.
VRAIMENT?
CETTE CONVERSATION ME PLAÎT DE MOINS EN MOINS.
24

HUM... JE VAIS TE POSER UNE DERNIÈRE QUESTION.
QUE FAISAIS-TU SOUVENT AVEC TON POUCE QUAND TU ÉTAIS BÉBÉ?
EUH... EH BIEN JE...
... JE LE SUÇAIS.
EXACTEMENT COMME MON BUBON!
ET LUI AUSSI AVAIT LES CHEVEUX NOIRS, AVEC DES YEUX DE LA MÊ...
SNIF?
AAAAHHH!
MA SAUCE BRÛLE!
A... ANTO... GLOUP... ANTOLIN...
EST-IL POSSIBLE PAR HASARD QUE TU SOIS LE FILS DE CETTE... CHOSE?
NE SOIS PAS STUPIDE, LUNE.
J'ESSAIE JUSTE DE RENTRER DANS SON JEU POUR QU'ELLE NOUS LAISSE PARTIR...
DIEU MERCI.
ÇA Y EST, LE FEU EST ÉTEINT...
25

... MON FILS!!
GURG! OÙ ES-TU, GURG?
CROC CROAC
QUE FABRIQUES-TU DÉGUISÉ EN CRAPAUD? REPRENDS TON ASPECT NORMAL...
... JE LE VEUX.
ARGH.
CE RAYON ÉTAIT UN PEU FORT, MAÎTRESSE.
NE GASPILLE PAS MON TEMPS AVEC DES REMARQUES INEPTES.
J'AI À FAIRE UNE ANNONCE DE LA PLUS HAUTE IMPORTANCE.
CONVOQUE TOUS MES SUJETS!
OUI, VOTRE EXCELLENCE...
... TOUT DE SUITE.
EK!
26

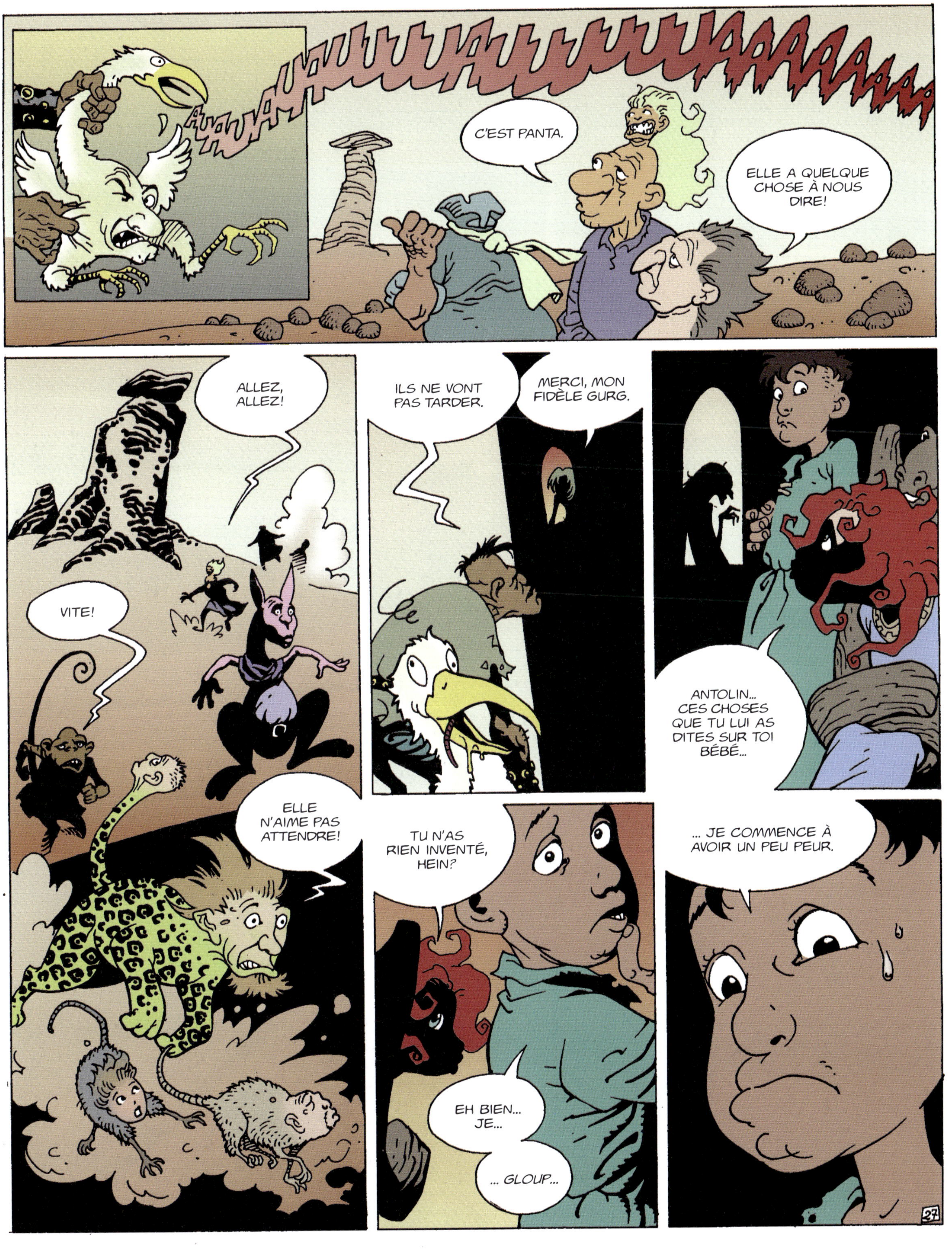
AUAUAUAUUUUAUUUUUUUAAAAAAAA
C'EST PANTA.
ELLE A QUELQUE CHOSE À NOUS DIRE!
ALLEZ, ALLEZ!
VITE!
ELLE N'AIME PAS ATTENDRE!
ILS NE VONT PAS TARDER.
MERCI, MON FIDÈLE GURG.
ANTOLIN... CES CHOSES QUE TU LUI AS DITES SUR TOI BÉBÉ...
TU N'AS RIEN INVENTÉ, HEIN?
EH BIEN... JE...
... GLOUP...
... JE COMMENCE À AVOIR UN PEU PEUR.
27

SILENCE!
ÉCOUTEZ BIEN, VOUS TOUS! LA REINE DE JAMAIS VA PARLER!
Ô, PEUPLE BIEN-AIMÉ!
OUILLE! POURQUOI MET-ELLE TOUJOURS DES SEMELLES CLOUTÉES?
JE SERAI BRÈVE!
J'AI RETROUVÉ MON FILS PERDU!
IL SE NOMME BUBON, ET HÉRITERA DE TOUS MES BIENS À MA MORT...
... J'AI BIEN DIT: TOUT! ET CELA INCLUT VOS VIES, VOS ÂMES, VOS YEUX, VOS MULES...
... CAR UN JOUR, IL SERA LE ROI TOUT-PUISSANT DE JAMAIS.
AUTREMENT DIT, MÊME SI PANTA PASSE L'ARME À GAUCHE, IL FAUDRA ENCORE SUPPORTER SON FILS!
JE T'AI ENTENDU, MARAUD! VOILÀ POUR TOI!
ZWIP
OH, UN CAFARD! BEEEUUUH!
28

JE VAIS L'ÉCRASER!
NOON!
LAISSEZ-LE VIVRE, MADAME.
CE N'EST PAS VRAIMENT UN CAFARD, JUSTE UN HUMAIN ENSORCELÉ.
ET PUIS...
... MÊME SI C'ÉTAIT UN INSECTE, IL NE MÉRITE PAS DE MOURIR, N'EST-CE PAS?
SACREBLEU! JE N'EN CROIS PAS MES OREILLES!
VOTRE MAJESTÉ, ÊTES-VOUS SÛRE QUE CE GARÇON EST BIEN VOTRE FILS?
À LE VOIR, IL NE SEMBLE PAS AVOIR HÉRITÉ DE VOS INSTINCTS SADIQUES ET SANGUINAIRES.
CHUT! TAIS-TOI DONC!
SI TU CONTINUES À JACASSER, ELLE VA NOUS TRANSFORMER EN POISSONS ALLERGIQUES À L'EAU - OU PIRE ENCORE! C'EST CE QUE TU VEUX?
LOIN DE MOI L'IDÉE DE VOUS OFFENSER, REINE BIEN-AIMÉE, SIMPLEMENT...
... VOUS N'AURIEZ JAMAIS SAUVÉ LA VIE DE CE RÉPUGNANT INSECTE, N'EST-CE PAS?
29

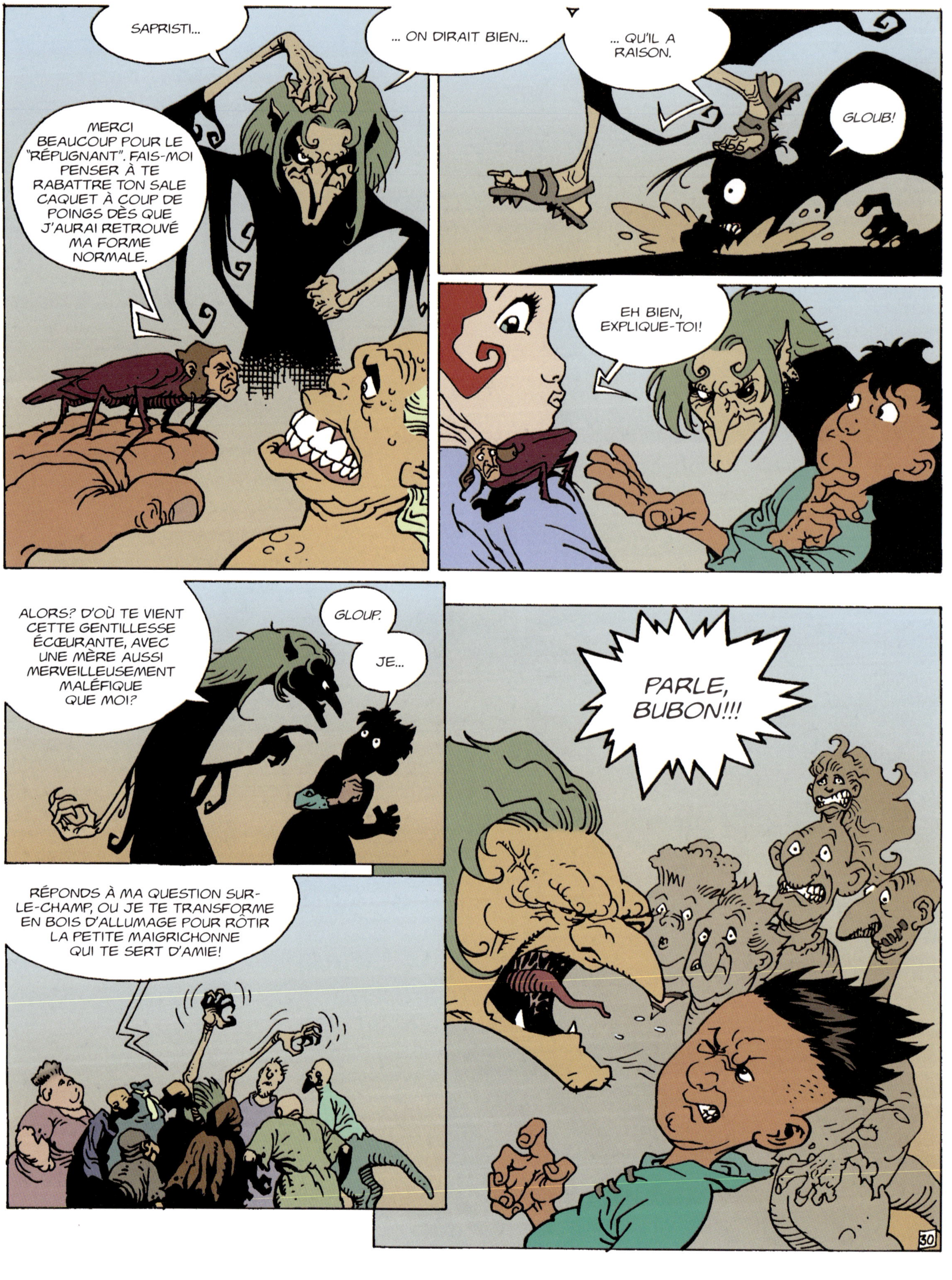
SAPRISTI...
... ON DIRAIT BIEN...
... QU'IL A RAISON.
MERCI BEAUCOUP POUR LE "RÉPUGNANT". FAIS-MOI PENSER À TE RABATTRE TON SALE CAQUET À COUP DE POINGS DÈS QUE J'AURAI RETROUVÉ MA FORME NORMALE.
GLOUB!
EH BIEN, EXPLIQUE-TOI!
ALORS? D'OÙ TE VIENT CETTE GENTILLESSE ÉCŒURANTE, AVEC UNE MÈRE AUSSI MERVEILLEUSEMENT MALÉFIQUE QUE MOI?
GLOUP.
JE...
RÉPONDS À MA QUESTION SUR-LE-CHAMP, OU JE TE TRANSFORME EN BOIS D'ALLUMAGE POUR RÔTIR LA PETITE MAIGRICHONNE QUI TE SERT D'AMIE!
PARLE, BUBON!!!
30

AHEM...
... TRÈS CHÈRE...
... TRÈS CHÈRE MÈRE, CE N'EST...
... CE N'EST PAS VOUS QUI M'AVEZ ÉLEVÉ. CE SONT CES DEUX COMÉDIENS... ILS SONT PAUVRES, MAIS LEUR CŒUR EST BON.
AHEM.
DONC?
MAINTES FOIS J'AI SENTI QUE CE QU'ILS M'ENSEIGNAIENT ÉTAIT CONTRAIRE À MA NATURE PROFONDE.
MAIS...
... MAIS JE CROYAIS QU'ILS M'ÉDUQUAIENT BIEN ET...
ET ALORS?
ET ALORS?
ET ALORS?
... AH...!
ET ALORS?
... ALORS, JE SUIS DEVENU BON.
GGAHHH! BON! CE MOT ME DONNE ENVIE DE VOMIR!
IL FAUT LUI PARDONNER, VOTRE MAJESTÉ.
OUI! PARDONNEZ-LUI!
JE SUIS SÛR QU'IL VA APPRENDRE, LE PAUVRE PETIT.
AVEC UNE INSTRUCTRICE TELLE QUE VOUS, PANTA, IL DEVIENDRA EXPERT DANS L'ART DE NOUS FAIRE SOUFFRIR.
AVEC VOTRE SAVOIR, MA REINE, VOUS SAUREZ VITE EN FAIRE UN BON...
... ENFIN, UN MAUVAIS GARÇON.
MA FOI, JE DEVRAIS PEUT-ÊTRE LE METTRE ENCORE À L'ÉPREUVE ET...
... LUI LAISSER UNE AUTRE CHANCE, À CE PAUVRE BUBON.
31

CETTE FOIS, SOIS PLUS CONVAINCANT.
DIS-MOI, MON FILS...
OUI, MAMAN?
... DÉSIRES-TU TOUJOURS RETROUVER CROCKER ET THÉO?
BIEN SÛR QUE NON.
TANT MIEUX. POUR TOUT TE DIRE, CETTE HISTOIRE DE "COMÉDIENS-MUSICIENS" N'ÉTAIT QU'UNE FARCE.
EN RÉALITÉ, JE LES AI CHANGÉS EN COCHONS... ET VENDUS À UNE CHARCUTERIE.
NON!
DIS-MOI QUE TU MENS, SALE SORCIÈRE!
AH, TU OSES M'ATTAQUER?
VOILÀ DE QUOI TE CALMER.
EFFICACE, NON? TU ES DÉJÀ BEAUCOUP MOINS BRUYANT.
ET SOLIDE, AVEC ÇA.
TOC
TOC
32

AH!
ÇA LUI APPRENDRA À S'AGITER POUR RIEN.
J'AI COMPRIS DÈS LE DÉBUT QU'IL MENTAIT POUR ÉCHAPPER À MA MARMITE.
METS-LE À L'INTÉRIEUR, GURG.
À VOS ORDRES, MAÎTRESSE.
JE CROIS QUE JE VAIS LE GARDER AINSI. IL ME RAPPELLERA MON FILS PERDU.
METS-LE DANS LA SALLE À MANGER, AU MILIEU DE LA TABLE.
PETITE, PENDANT QU'ELLE REGARDE AILLEURS...
... ESSAIE DE T'ENFUIR. COURS AUSSI VITE QUE TU PEUX! RIEN DE BON NE T'ATTEND ICI.
OUI, OUI...
... JE VAIS RETOURNER À BURIEN ET DEMANDER À MON PÈRE DE LEVER UNE ARMÉE POUR ÉCRASER CETTE SORCIÈRE.
BONNE CHANCE, PETITE.
JE T'AI PEUT-ÊTRE LAISSÉ SORTIR DE TON FAUTEUIL, SOTTE...
... MAIS JE N'AI QU'UN GESTE À FAIRE POUR QUE TOUS LES ARBRES DE JAMAIS TENDENT LEUR BRANCHES POUR TE BARRER LA ROUTE.
33

?
NON!
PLAF!
AH
PAF
OUF
ET LA REVOILÀ.
CAGE! GARDE-MOI CET EN-CAS POUR PLUS TARD.
TANT D'ESPOIRS CONTRADICTOIRES...
... VONT FINIR PAR ME COUPER L'APPÉTIT.

SNIF
QUEL DÉSASTRE.
ET POUR COURONNER LE TOUT, CETTE SALETÉ DE CADENAS REFUSE DE BOUGER D'UN POUCE...
GRRRR
PEUT-ÊTRE QUE SI J'ESSAIE DE L'OUVRIR AVEC CETTE ÉPINGLE... EN ESPÉRANT QU'IL NE LA MANGE PAS.
GRRRR
ARF!
PLIC
OUF.
CE NE SERA PAS FACILE DE SORTIR D'ICI.
ET LE PAUVRE ANTOLIN...
... EST-IL ENCORE VIVANT?
J'AI BIEN PEUR QUE NON. PUFF, PUFF...
35

NE DIS PAS DES CHOSES PAREILLES, CAFARD. TU ME FAIS PEUR.
PUFF...
PUFF...
EN FIN DE COMPTE, TOUT EST DE TA FAUTE.
NOUS N'EN SERIONS PAS LÀ SI MON AMI N'AVAIT PAS ESSAYÉ DE SAUVER TA VILAINE CARAPACE.
TAIS-TOI ET AI... PUFF... GH...
... GHHHHH...
... AIDE-MOI À PORTER CETTE BOUTEILLE. J'AI L'IMPRESSION QU'ELLE PÈSE MILLE TONNES.
QUE CONTIENT-ELLE?
LE SOMNIFÈRE QUE PANTA PREND TOUTES LES NUITS.
ELLE EST INSOMNIAQUE.
SÛREMENT SA MÉCHANCETÉ QUI LUI DONNE DES MAUX DE TÊTES.
POURQUOI M'APPORTES-TU ÇA?
TREMPE CE QUI RESTE DE TON ÉPINGLE DANS LE LIQUIDE.
ET APRÈS?
IL FAUT VRAIMENT TOUT TE DIRE?
METS-LA DANS LA GUEULE DU CADENAS!
GROURGH.
PLIC
RONF!
ZZZZZZ
36

ZZZZZ
ZZZZ
TU ES LIBRE, PETITE.
MERCI, CAFARD.
MAIS OÙ EST PANTA?
ELLE S'EST FAITE UNE TISANE DE LÉZARD. TU VOIS?
ELLE AIME EN BOIRE PENDANT QU'ELLE LIT SES GRIMOIRES ENNUYEUX.
VERSE LE RESTE DU FLACON DANS SA TASSE AVANT QU'ELLE NE REVIENNE DE LA BIBLIOTHÈQUE!
OUI, OUI.
DÉPÊCHE-TOI! ELLE ARRIVE!
GLB GLBGLB
SORTS ET CONTRESORTS
SNIF
37

SLURP
SLURP.
AAAAT...
... CHOOUM!
QU'EST-CE QUE...?
NE ME DITES PAS QUE CETTE SALE ROUQUINE S'EST ÉCHAPPÉE!
JE VAIS TRANSFORMER CETTE ENQUIQUINEUSE EN MORCEAU DE NOUGAT ET LA CROQUER TOUT DE SUITE! J'AI ASSEZ PERDU DE TEMPS AVEC ELLE.
PAF
TU VAS VOIR UN PEU!
38

NON, NON...
SI, SI! ET ARRÊTE DE TE CACHER LE VISAGE. JE DOIS TE REGARDER DROIT DANS LES YEUX POUR TE TRANSFORMER EN DESSERT.
FICHU, CHU, CHU...
... CHEMISE, MISE, MISE...
... TU VAS À PRÉSENT TE CHANGER EN...
... EN...
... EN...
... QUELQUE CHOSE NE VA PAS. IMPOSSIBLE DE ME CONCENTRER...
... TRARFRGMNGZZZZZ... ZZZZZZZZZZ... ZZZZZ...?
HEUREUSEMENT QUE LE SOMNIFÈRE A MARCHÉ.
VIENS, NOUS EN PARLERONS PLUS TARD.
ALLEZ!
K-TAPLUM!
ET EMMÈNE TON AMI!
OUI, OUI.
OUF
NON...
PUFF
... IL DOIT ÊTRE EN FER. IMPOSSIBLE DE LE BOUGER.
LAISSE-NOUS T'AIDER!
39

PANTA DORT COMME UNE SOUCHE. PROFITONS-EN POUR TOUS PARTIR D'ICI.
ATTENTION À NE PAS LE CASSER, LE PAUVRE.
NE T'EN FAIS PAS. NOUS ALLONS LE SORTIR D'ICI - ET NOUS SAVONS AUSSI COMMENT LUI RENDRE SON ASPECT NORMAL.
AIDEZ-MOI À POUSSER CETTE BROUETTE! ALLEZ, TOUT LE MONDE!
OUI.
BIEN SÛR.
PARDON, MAIS...
... JE PENSE QUE JE SERAI PLUS UTILE EN EMPORTANT CE LIVRE QU'EN VOUS AIDANT À POUSSER.
SORTS ET CONTRESORTS
TOUJOURS LA BONNE EXCUSE.
TIRE-AU-FLANC!
IL NE VOUS EST PAS VENU À L'ESPRIT QUE PANTA ALLAIT SE RÉVEILLER BIENTÔT...
... ET COMMENCER À NOUS POURCHASSER...
... ET NOUS JETER UN SORT PIRE QUE CELUI QUI NOUS AFFLIGE AUJOURD'HUI?
CERTAINS D'ENTRE VOUS AIMERAIENT PEUT-ÊTRE SE VOIR CHANGER EN CROTTES DE NEZ?
NOUS AVONS DÉCIDÉ D'AIDER CETTE PETITE FILLE POUR QU'ELLE NOUS AIDE À NOUS DÉBARRASSER DE CETTE MÉGÈRE MÉGALOMANE, NON?
OUI, MAIS QUEL RAPPORT AVEC CE BOUQUIN POUSSIÉREUX?
NON, SANS FAÇONS. MAIS TU CROIS QUE CE LIVRE PEUT NOUS AIDER?
OH, OUI!
IL EXPLIQUE COMMENT L'EMPORTER SUR PANTA, IMBÉCILES!
VOUS N'AVEZ PAS VU LE TITRE? "SORTS ET CONTRESORTS!"
BANDE DE CRÉTINS...
40

ANALPHABÈTES!
JE VOUS EN PRIE, ARRÊTEZ DE VOUS DISPUTER. JE VEUX SEULEMENT SAVOIR...
... COMMENT FAIRE REVENIR ANTOLIN À LA NORMALE.
OH, ÇA? RIEN DE PLUS SIMPLE.
IL N'Y A QU'À JETER LA STATUE DANS LE VOLCAN, ET VOILÀ.
NON!
AVEC CETTE CHALEUR, IL VA FONDRE!
MAIS NON.
LA SEULE CHOSE QUI VA FONDRE, C'EST LA STATUE.
J-JE BRÛLE! À L'AIDE!
VOUS AVEZ VOULU ME RÔTIR VIVANT, SALES BÊTES!
ANTOLIN, JE SUIS SI CONTENTE QUE TU SOIS GUÉRI!
SI TON AMI A DE BON RÉFLEXES, IL VA TOUT FAIRE POUR ÉCHAPPER À CETTE FOURNAISE.
AAAAAAAA
AVEC CE GENRE DE MALÉDICTION, IL N'Y A PAS D'AUTRE MOYEN.
SEULEMENT DIX POUR CENT DES STATUES JETÉES DANS LES VOLCANS RETROUVENT LEUR FORME D'ORIGINE.
N'EXAGÈRE PAS! C'EST TROIS POUR CENT. LE RESTE SE TRANSFORME EN LAVE.
41

QUE DIRAIS-TU DE RENTRER À BURIEN MAINTENANT – AVEC LES AMIS QUI NOUS ONT AIDÉS?
NON!
PANTA A DIT QU'ELLE AVAIT CHANGÉ CROCKER ET THÉO EN COCHONS ET QU'ELLE LES AVAIT VENDUS À UNE CHARCUTERIE.
QUELQU'UN SAIT-IL OÙ EST CET ENDROIT?
MOI.
ALORS, GUIDEZ-MOI! JE DOIS ABSOLUMENT LES SAUVER.
D'ACCORD, MAIS...
... JE VOUS PRÉVIENS, SI PANTA SE RÉVEILLE, ELLE VA NOUS MASSACRER.
JE M'EN FICHE! AVANCEZ!
HÉ, TÊTE-EN-BAS...
... TU AS TROUVÉ UN MOYEN D'AFFRONTER PANTA?
NON. ÇA FAIT UN MOMENT QUE J'ESSAIE DE LIRE CE LIVRE EN LE TENANT À HAUTEUR DU VISAGE...
... MAIS JE FERAIS MIEUX DE LE BAISSER UN PEU, JE CROIS.
OH, OUI. COMME TU VEUX.
TOUT CECI ME PARAÎT BIEN DANGEREUX.
SI SEULEMENT PANTA POUVAIT DORMIR ENCORE DES HEURES ET DES HEURES.
HUMM? QU'EST-CE QUE JE FABRIQUE ALLONGÉE?
42

BAILLE
JE NE SAIS VRAIMENT PAS CE QUI M'A PRIS.
AHA.
AHAHA.
CETTE MISÉRABLE ROUQUINE S'EST ENFUIE AVEC MA STATUE!
ET JE METTRAIS MA MAIN À COUPER QUE CERTAINS DE MES SUJETS L'ONT AIDÉE!
MAIS ILS N'IRONT PAS LOIN!
GUUURG
JE SUIS LÀ, MAÎTRESSE.
J'AI BESOIN D'UN, CHEVAL, GURG. TOUT DE SUITE!
MAIS IL N'Y A PAS DE CHEVAUX À JAMAIS, VOTRE EXCELLENCE.
AH NON?
43

HOCUS POCUS!
ET ÇA, ALORS?
AU GALOP, GURG!
BOUH! C'EST TOUJOURS MOI QUI LA PORTE!
LA CHARCUTERIE EST ENCORE LOIN?
UNE QUINZAINE DE MINUTES, PAS PLUS.
TOUT LE MONDE, STOP!
QUOI?
COMMENT VOULEZ-VOUS QUE JE LISE EN COURANT?
EST-CE BIEN LE MOMENT DE LIRE?
CE LIVRE DIT QUE POUR ANNULER LA MALÉDICTION D'UNE SORCIÈRE, IL FAUT PRONONCER LA FORMULE QU'ELLE A EMPLOYÉE EN L'ÉPELANT À L'ENVERS.
DONC, SI ELLE VOUS REGARDE EN DISANT "FRUS FRUS"...
... IL FAUT RÉPONDRE "SURF SURF".
EXACTEMENT.
QUAND VOUS AUREZ FINI DE PERDRE DU TEMPS AVEC CES IDIOTIES...
NOUS DEVONS SAUVER CROCKER ET THÉO!
44

OÙ SONT DONC PASSÉS CES MAUDITS FUGITIFS?
TU N'AS PAS VU PASSER UNE ROUQUINE ACCOMPAGNÉE DE TOUTE UNE BANDE?
NON.
TU EN ES BIEN SÛR?
EUH... UN INSTANT! EN FAIT...
JE CROIS BIEN QUE OUI. ILS ALLAIENT EN DIRECTION DE LA CHARCUTERIE.
EVIDEMMENT, J'AURAIS DÛ M'EN DOUTER!
EN ROUTE, VIEILLE CARNE!
PAUVRE DE MOI.
ÇA VA ME RUINER LA DIGESTION.
NOUS Y SOMMES, ANTOLIN!
45

IL Y A QUELQU'UN?
QU'EST-CE QU'IL TE FAUT, MON GARÇON?
JE VEUX SAVOIR OÙ SONT LES COCHONS QUE PANTA VOUS A VENDUS, MADAME.
AH, OUI. UN TOUT GRAS ET UN TOUT MAIGRE?
OUI, OUI. C'ÉTAIENT MES AMIS AVANT D'ÊTRE TRANSFORMÉS.
HUM. JE CROIS BIEN...
... QU'ILS SONT LÀ.
NON!
CROCKER!
THÉO!
MES AMIS! COMMENT EN ÊTES-VOUS ARRIVÉS LÀ?
46

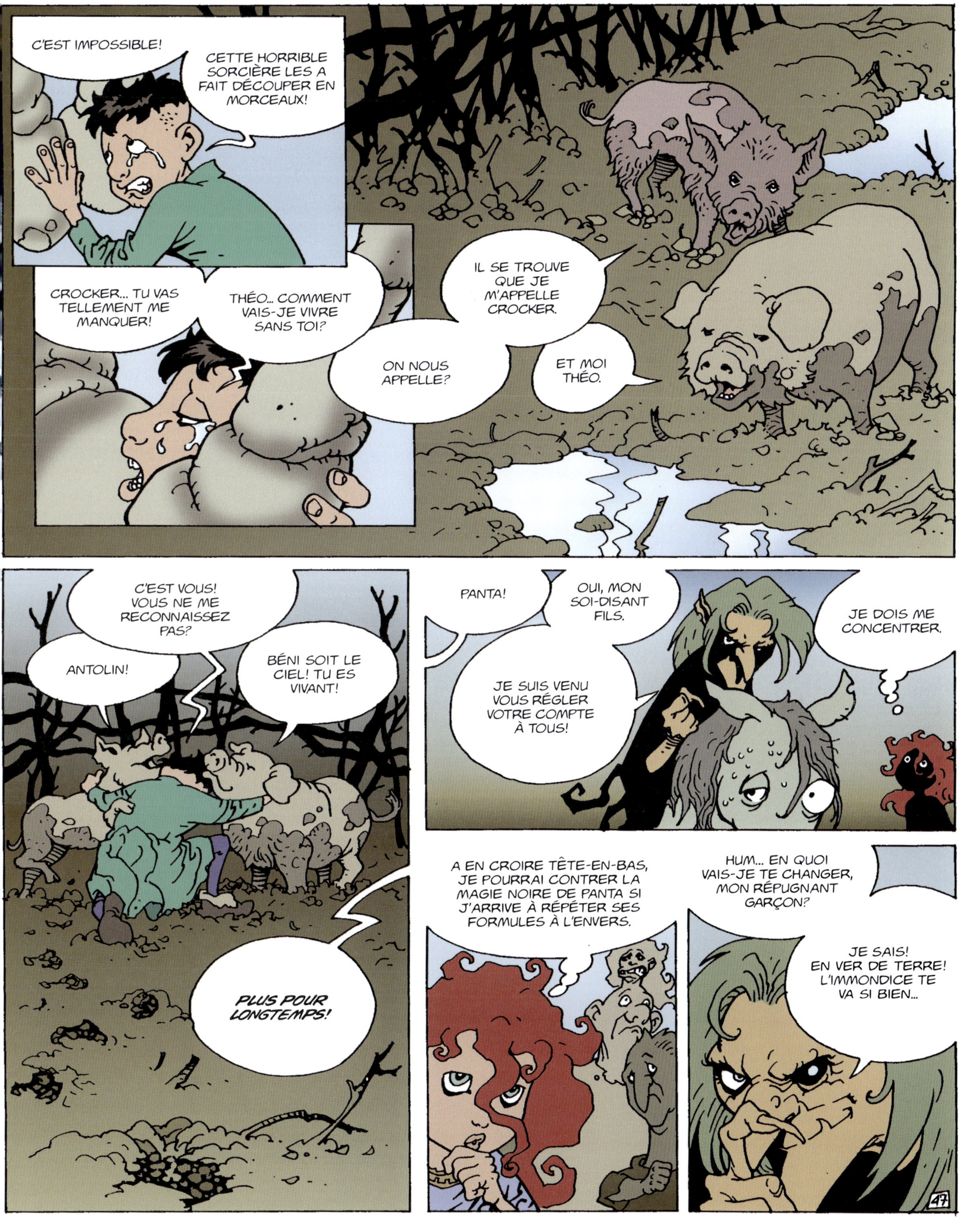
C'EST IMPOSSIBLE!
CETTE HORRIBLE SORCIÈRE LES A FAIT DÉCOUPER EN MORCEAUX!
CROCKER... TU VAS TELLEMENT ME MANQUER!
THÉO... COMMENT VAIS-JE VIVRE SANS TOI?
ON NOUS APPELLE?
IL SE TROUVE QUE JE M'APPELLE CROCKER.
ET MOI THÉO.
C'EST VOUS! VOUS NE ME RECONNAISSEZ PAS?
ANTOLIN!
BÉNI SOIT LE CIEL! TU ES VIVANT!
PLUS POUR LONGTEMPS!
PANTA!
OUI, MON SOI-DISANT FILS.
JE SUIS VENU VOUS RÉGLER VOTRE COMPTE À TOUS!
JE DOIS ME CONCENTRER.
A EN CROIRE TÊTE-EN-BAS, JE POURRAI CONTRER LA MAGIE NOIRE DE PANTA SI J'ARRIVE À RÉPÉTER SES FORMULES À L'ENVERS.
HUM... EN QUOI VAIS-JE TE CHANGER, MON RÉPUGNANT GARÇON?
JE SAIS! EN VER DE TERRE! L'IMMONDICE TE VA SI BIEN...
47

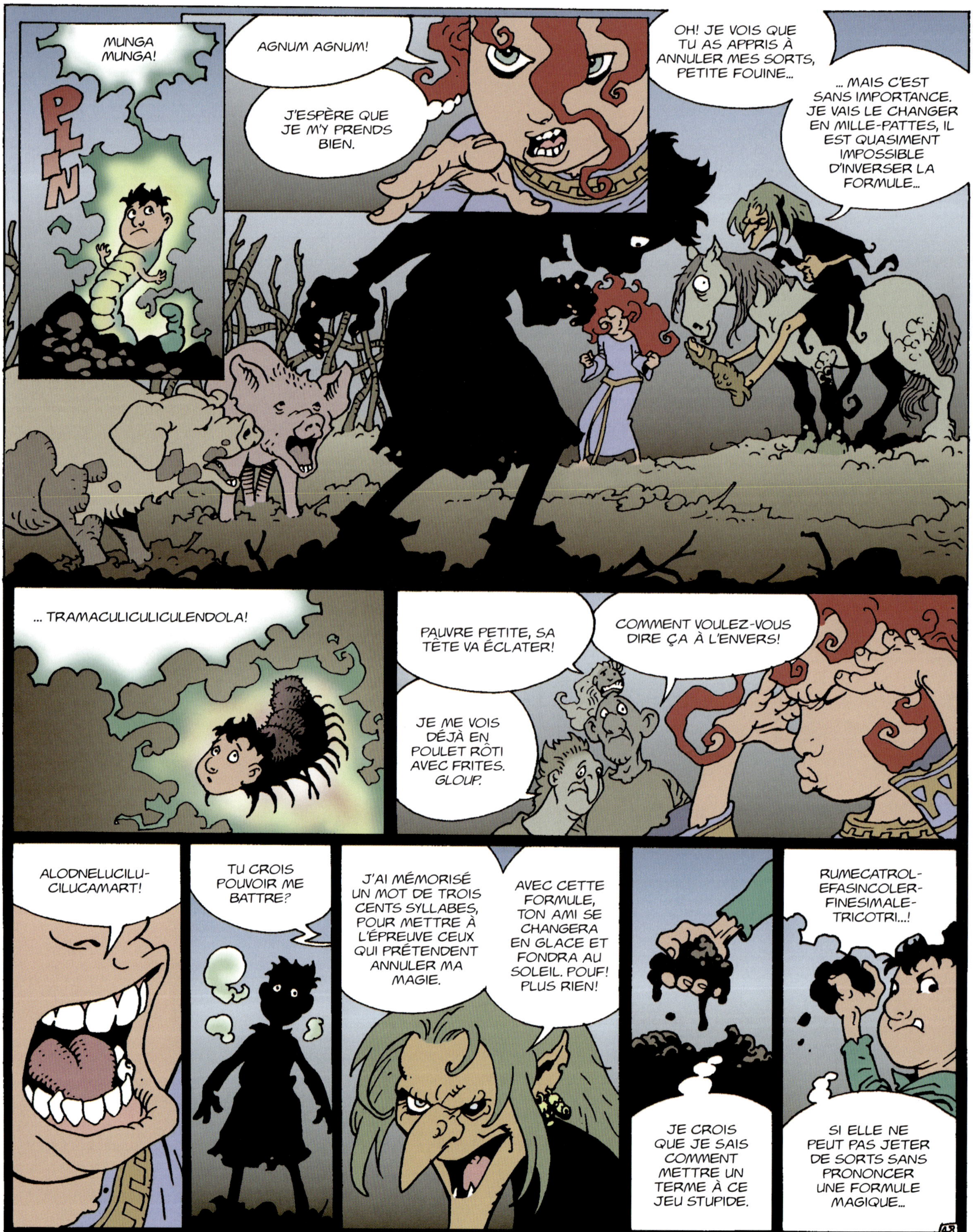
MUNGA MUNGA!
PLIN
AGNUM AGNUM!
J'ESPÈRE QUE JE M'Y PRENDS BIEN.
OH! JE VOIS QUE TU AS APPRIS À ANNULER MES SORTS, PETITE FOUINE...
... MAIS C'EST SANS IMPORTANCE. JE VAIS LE CHANGER EN MILLE-PATTES, IL EST QUASIMENT IMPOSSIBLE D'INVERSER LA FORMULE...
... TRAMACULICULICULENDOLA!
PAUVRE PETITE, SA TÊTE VA ÉCLATER!
JE ME VOIS DÉJÀ EN POULET RÔTI AVEC FRITES. GLOUP.
COMMENT VOULEZ-VOUS DIRE ÇA À L'ENVERS!
ALODNELUCILU-CILUCAMART!
TU CROIS POUVOIR ME BATTRE?
J'AI MÉMORISÉ UN MOT DE TROIS CENTS SYLLABES, POUR METTRE À L'ÉPREUVE CEUX QUI PRÉTENDENT ANNULER MA MAGIE.
AVEC CETTE FORMULE, TON AMI SE CHANGERA EN GLACE ET FONDRA AU SOLEIL. POUF! PLUS RIEN!
RUMECATROL-EFASINCOLER-FINESIMALE-TRICOTRI...!
JE CROIS QUE JE SAIS COMMENT METTRE UN TERME À CE JEU STUPIDE.
SI ELLE NE PEUT PAS JETER DE SORTS SANS PRONONCER UNE FORMULE MAGIQUE...
48

... VOILÀ DE QUOI LUI CLOUER LE BEC.
... VIRTICUYOTRE-CABLENFRAGORIAL-DRIANACUSPGLOUP...
FLOSH
... MFFFF...!
AIDEZ-MOI À LA BÂILLONNER, LES AMIS!
TU ES GÉNIAL, ANTOLIN!
MAIS C'EST QU'ELLE MORDRAIT!
ON DIRAIT UN RÔTI, NON?
GFFFMFFFFF!
CHÈVRE, MOUCHE, OURS, CHIEN...
... JE ME DEMANDE...
... S'IL Y A DES ANIMAUX MUETS?
HUMM, UN ANIMAL MUET?
LE CHAT!
NON, ABRUTI, LE CHAT MIAULE.
ATTENDEZ...
... LE POISSON!
TOUT À FAIT.
VOYONS VOIR...
POISSON, POISSON, POISSON...
49

JE L'AI!
LE MOT QUI CHANGERA CETTE MÉGÈRE EN POISSON EST...
... ARNAQUETON!
BRAVO!
NOUS EN VOILÀ ENFIN DÉBARRASSÉS!
ELLE NE POURRA PLUS JAMAIS PRONONCER SES FORMULES MAGIQUES!
JETONS-LA DANS CE SEAU!
JE M'EN CHARGE!
ADIEU, PANTA. EN ESPÉRANT QU'UN REQUIN TE DÉVORE.
C'EST FAIT. MAIS...
... POURQUOI AVEZ-VOUS TOUS L'AIR TRISTE?
IL RESTE ENCORE UNE CHOSE.
NOUS VOULONS REDEVENIR COMME AVANT.
50

HUM... VOUS SOUVENEZ-VOUS DE CE QUE PANTA A DIT QUAND ELLE VOUS A À MOITIÉ TRANSFORMÉ EN POULE?
BIEN SÛR. ELLE A DIT FRINITRUS.
JE LE PRÉFÉRAIS AVANT.
À MOI! À MOI!
SURTINIRF.
POF
SPLENDIDE! JE SUIS REDEVENU L'HOMME QUE J'ÉTAIS!
TU ES SÛR QUE C'EST UNE BONNE IDÉE? TU AS BIEN RÉFLÉCHI?
ABSOLUMENT! ELLE M'A ENSORCELÉ EN DISANT PAPANUTELE.
AH OUI?
ELETUNAPAP!
OH NON, NON...!
POF
PARFAIT!
MAIS...
... OÙ EST MON COMPAGNON?
JE NE SAIS PAS. OÙ ÉTAIT-IL QUAND ELLE VOUS A CHANGÉ EN MONSTRE À DEUX TÊTES?
51

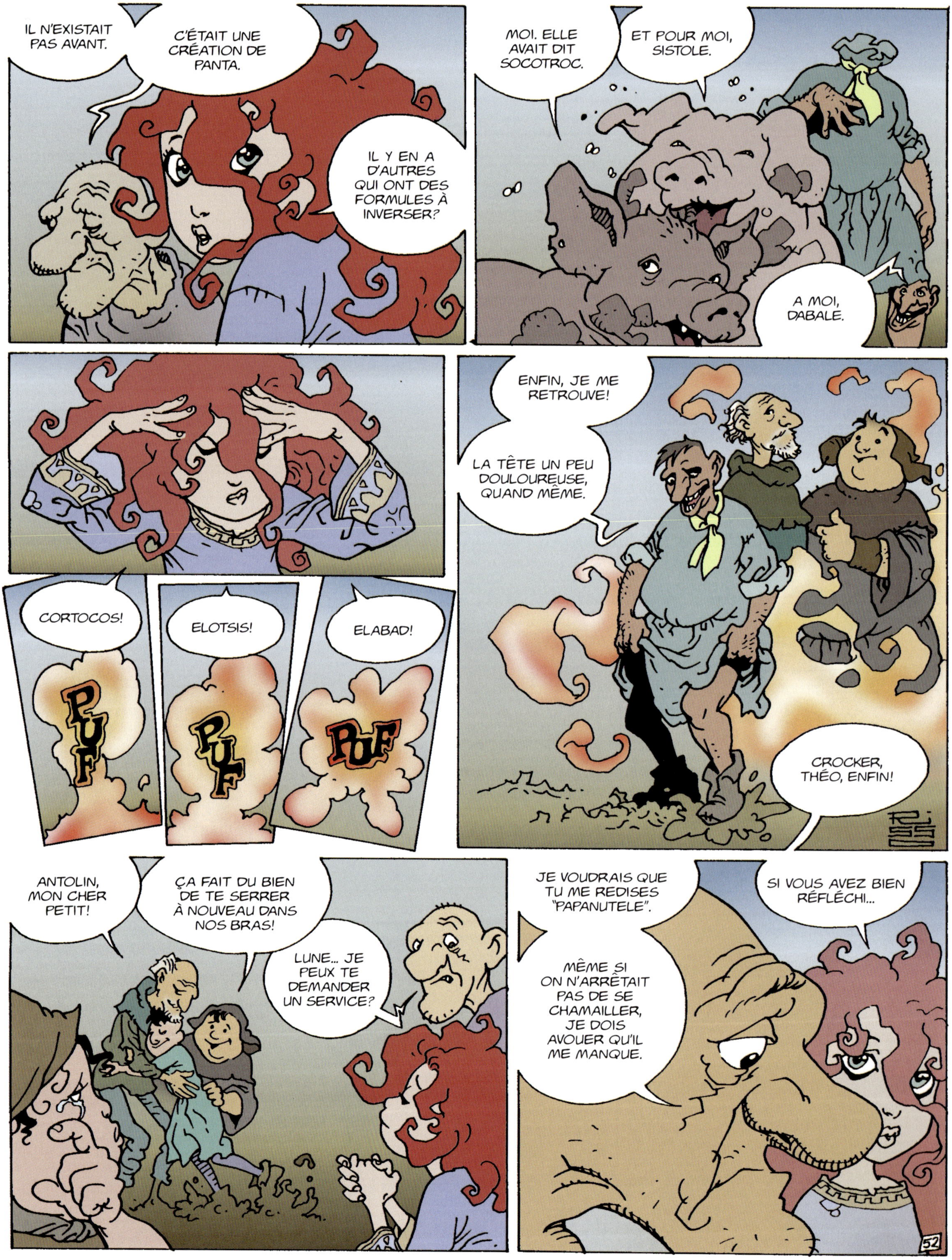

IL N'EXISTAIT PAS AVANT.
C'ÉTAIT UNE CRÉATION DE PANTA.
IL Y EN A D'AUTRES QUI ONT DES FORMULES À INVERSER?
MOI. ELLE AVAIT DIT SOCOTROC.
ET POUR MOI, SISTOLE.
A MOI, DABALE.
CORTOCOS!
PUF
ELOTSIS!
PUF
ELABAD!
POUF
ENFIN, JE ME RETROUVE!
LA TÊTE UN PEU DOULOUREUSE, QUAND MÊME.
CROCKER, THÉO, ENFIN!
ANTOLIN, MON CHER PETIT!
ÇA FAIT DU BIEN DE TE SERRER À NOUVEAU DANS NOS BRAS!
LUNE... JE PEUX TE DEMANDER UN SERVICE?
JE VOUDRAIS QUE TU ME REDISES "PAPANUTELE".
MÊME SI ON N'ARRÊTAIT PAS DE SE CHAMAILLER, JE DOIS AVOUER QU'IL ME MANQUE.
SI VOUS AVEZ BIEN RÉFLÉCHI...
52

PAPANUTELE!
PUF
AH! JE SUIS CONTENT DE TE REVOIR!
EH BIEN, ÇA EN FAIT AU MOINS UN!
TU SAIS BIEN QUE JE NE PEUX PAS TE BLAIRER!
¡IDIOT! TÊTE DE LARD!
TIENS, VOILÀ POUR TA GUEULE!
ATTENDS, JE VAIS TE REMETTRE LES IDÉES EN PLACE!
PAF
AÏE!
TONC
OUILLE!
NOUS ALLONS RENTRER CHEZ NOUS ET INVERSER AUTANT DE FORMULES QU'IL LE FAUDRA POUR RENDRE AUX HABITANTS DE JAMAIS LEUR ASPECT NORMAL.
IL VA SÛREMENT NOUS FALLOIR UN NOUVEAU ROI.
CROIS-TU QUE TON PÈRE SERAIT INTÉRESSÉ?
OUI! JE SUIS SÛR QU'IL SERAIT TRÈS HEUREUX DE DIRIGER À LA FOIS BURIEN ET JAMAIS!
JE VAIS DE CE PAS LUI ANNONCER LA NOUVELLE.
53

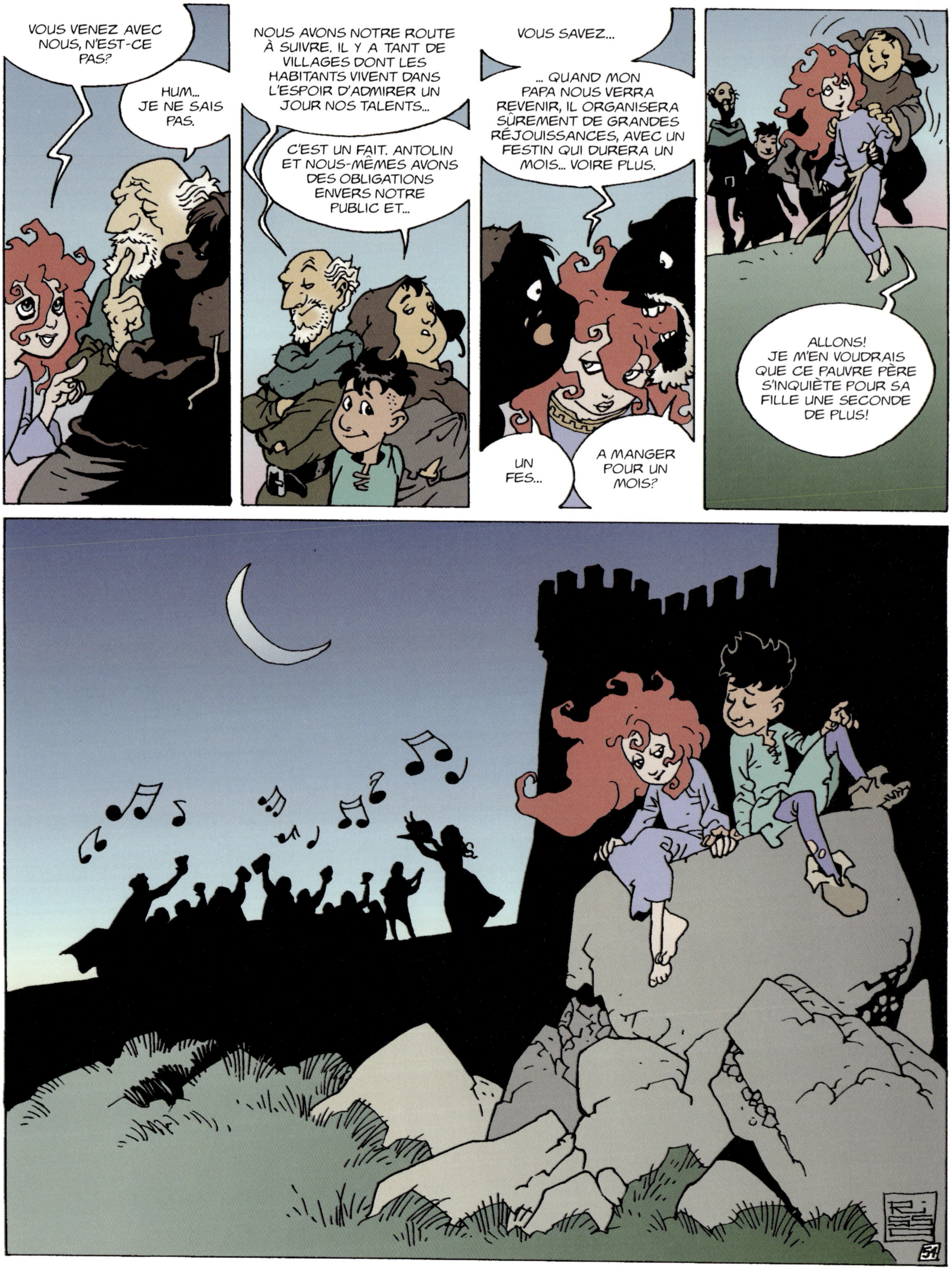

FIN DU LIVRE 3